구릉가 마을 제일 아랫집

구릉가 마을 제일 아랫집

글 김종복 ㅣ 발행인 김윤태 ㅣ 발행처 도서출판 선
등록번호 제15-201 ㅣ 등록일자 1995년 3월 27일 ㅣ 초판 1쇄 발행 2019년 5월 15일
주소 서울시 종로구 삼일대로 30길 21 종로오피스텔 1218호 ㅣ 전화 02-762-3335 ㅣ
전송 02-762-3371
값 10,000원
ISBN 978-89-6312-588-6   03810

구룽가 마을 제일 아랫집

김종복

시인의 말

작은 생각이 모여 시집이 된다.
가슴이 설레고 아침 잠이 막 깨는 첫사랑의 열병을
맛보는 것 같다.
하루 하루가 모여 인생이듯이 또 다른 하루를
준비해야 한다.
어설픈 작품들이지만 세상을 향해 공손히 바친다.

최초의 독자이며 비평가인 아내와
남의 눈에 꽃이
되라시던 어머니께 두손으로 바친다.

구릉가 마을 제일 아랫집

차례

2부 · 내 똥

1부

1학년 4반

내가 받은 상

자네들이 선생님이라 불러주어서
내가 세상에 온 이유 있음을 알았네
민기야 동영아 진홍아 태웅아 찬기야
지환아 명성아 박재근 진석아 승민아
기열아 용석아 지용아 이재근 영우야
장헌아 상철아 재욱아 태민아 지언아
모두 모두 사랑한다
너희가 내 제자라는 것이
올해 내가 받은 상이다만
너희가 존경하는 담임쌤이었는지는
잘 모르겠다
안녕

꽃

남의 눈에 꽃이 되라시던
어머니의 당부도 잊은 채
일 같지도 않는 일만 하다
이 세상 마지막 복인지
아름다운 눈 너희를 만났구나
꽃같이 예쁘냐고
천만에 꽃보다 더 예쁘다
공부 좀 못한들
좀 못생긴들
크든 작든
담배 피다 걸려 혼이 나든
이미 세상에서 가장 빛나는
예쁜 꽃이다 너희는
개 눈에 똥만 보이듯
내 눈에 꽃만 보이는 것을 보니
나도 꽃 보따리가 되었나 보다
그래서 그런가
며칠 안감은 머리 곳곳에서

하얀 꽃가루가 날리고
꾹 눌린 뒤통수에는 할미꽃이 피었구나

1학년 4반 담탱이쌤이

귀 잡아 땡기며 일 년을 보냈지
인간 만들려면 일단 패는 게 제일인데
승질 더러운 내가 참고
그냥 귀만 잡아 땡기며 고맙게도 한해를 보냈네
쥐 패서 인간 될 늠이면 진작 됐겠지
나 만나 귀 땡겨가며 한 해 고생들 했다
그런데 혹시 한 늠이라도 귀 안 땡겨 본 늠 있냐?
마이 땡기 본 늠은
쌤이 제일 사랑한 늠이라는 것
알고는 있지?

야간비행

꽃 같은 아이들
아직 잠이 올 턱없고
가뜩이나 놀고 싶어 눈이 말똥말똥할 텐데
잠자리도 낯설고
친구에게 할 말
태산같이 남았겠지
조교들은 잠자라고 종 주먹을 들이대고
강제 소등 입 닫으라 해놓고
그리 멀지않은 곳에
젊은 남녀 모여 웃고 떠들고 있으니
쉽게 잠들지 못하리
선생이라는 사람들이
술에 취해 떠들며
노래를 부르며 즐겁구나
다른 학교 아이들을 괴롭히는 것도 모른 채
저렇게 괴성까지 지르며 좋아 하는데
성삭 남임인 나는 아무 말도 못하고
이렇게 기다리고 있어야 하는가

뭐라도 좀 놀아볼 녀석들이

무덤가의 할미꽃같이

저리 아무 말 없이 누웠구나

복도 시험 감독기

　　성적이나 시험을 두려워하지 않는 강심장의 아이들이
시험을 치고 있다
　　3학년 2학기 기말 고사를 당겨 치고 곧 아이들은 실
습을 나간다
　　학교에서 치는 마지막 시험이다
　　시작 10분 만에 답안 작성이 끝난 것 같다
　　한 선생님은 서서 감독을 하며
　　답안지도 직접 가서 받고
　　남는 시간에 아이들을 위한
　　무언가 좋은 이야기를 해주는 것 같다
　　시험지 제출하고 자는 아이가 없다
　　어떤 선생님은 앉아만 있고
　　답안지도 아이들이 나와서 제출하라 해서
　　곤히 자던 아이들 졸린 눈 비비며 잠을 깬다
　　나도 아이들에게 좋은 이야기 들려주는
　　아무도 졸지 않고 쳐다 봐주는
　　그린 신생이 되고 싶다
　　사 십 개의 눈 속에 반짝이는 눈부처 선생이고 싶다

다친 내손으로 할 수 있는 일

가방이 무거워 보인다
내가 좀 거들어줄까
발걸음 너무 무거워 보여
가는데 까지 같이 갈까

네 어깨의 짐이
네 발걸음이
조금이라도 가벼워졌으면 좋겠다 선생님은

축 늘어진 힘없는 네 손
다친 내 손 조금 나눠줄게
성하진 않아도 아직 따뜻하지

아무것도 아닌 것이 아닌 것이야
그냥
잇몸 내놓고 환하게 웃는 너를 보고 싶어
너는 꽃 피는 춘삼월이야

같이 하늘 한번 보고
까짓것 될 대로 되라지
이러언 시베리안 허스키
수박씨 발라먹을 스키
같이 한번 하자고
학생부장님도 안계시잖니

아쉽지만
헤어지는 길목이니
이제 놓아야겠지
오늘 헤어져야 내일 또 웃으며 만나겠지

어이
한 번 더 하고 갈래
시베리안 허스키
수박씨 발라먹을 스키

비몽사몽

아침 일찍부터 너무 화를 내다보니
온종일이 흐릿하다
제자를 사랑하는 것인지
지각 결과 조퇴 불가
결석 절대 금지
내 원칙이 훼손된 분노인지
구분이 되지 않았다
할 만큼 했다는 핑계로
학교에 나오지 않은 아이 사는 백리 길 다녀왔지만
정말 선생 노릇 제대로 하는 것인지
심히 헷갈리는 날이다
빈손으로
가슴 가득 분노와 허망함을 안고 돌아오며
정말 더 노력해야 하는 게 아닐까
과연 최선이었을까
많은 생각을 했지만
그 어느 것도 시원한 것이 없다
어머니 역할을 하던 상담소장님의 선처로

오후에 아이는 학교로 왔고
무지각 기록은 깨졌지만
어느덧 일은 스르르 풀린 셈이고
나만 미쳐 날뛴 꼴이 되었다
제자가 변변하지 못함이 곧 내 꼴인데
어디 가서 누구를 원망하리
부끄럽고 또 부끄러운 일이다

1학년 4반

사월의 나무 이파리 새 이파리
반짝반짝 봄빛 걸러내고
살랑살랑 봄바람 헹궈낸다
꽃보다 예뻐서
괜히 생각난다
이제 이학년 된 내 새끼들
두고 온 그놈들
해마다 핀다고 늘 그 꽃이냐
새롭게 본다는 것
새롭게 만났다는 것
다 너희 덕에 한 소식 했다
너희는 내 눈에 꽃이다만
한번 만이라도 나는 누구 눈의 꽃이랴

너라서

와 준 것만 해도 감사한 인연
아낌없어 그런지
치사하게도 늘 새치기하는 듯한,
그 쪼잔한 아까운 마음이 사라진,
아깝지 않다는 게 신기한
처음 보는 그런 마음.

창녕제일 창녕제일고

천하제일 창녕제일고
창녕제일 창녕제일고
날아라 창녕제일고

귀 땡기가며 보낸 너희들의 한 해
귀 땡기며 보낸 나의 축복받은 한 해

골통이라도 좋다
못생겨도 좋다
공부 좀 못하면 어떠랴
자격증 몇 개 못 딴들 어떠랴
씩씩하고 건강해서 좋다
목젖 내놓고 껄껄 웃으니 좋다
다 좋다

5월의 봄 바다에서

바다 보기 미안하다
죄 없는 바다를 원망하게 될 것 같다
아무 죄 없는 영혼이 어디 한 둘이랴 만
괜히 지은 죄 있어 바다 근처에 가지 않았다
학교 갈 때 찬란한 봄 바다를 못 본 척했고
어쩌다 무심히 나는 갈매기
파도의 하얀 포말도
슬쩍 흘겨보고 그냥 길만 재촉했었다
몇 년 만인가 오랜만에 앉아보는 바닷가
아직도 슬퍼서
손이 시려서 가슴이 시려서
차마 볼 수가 없다.
바람은 시원하고
지나는 차에서 흥겨운 음악 소리 들린다
하지 말아야 하는 것은 아니지만
아직 웃을 수 없는 것은
우리가 가슴 깊이 묻은
지난 날의 슬픔이 그대로이기 때문이다

아직도 바다는 미안해서 슬퍼서 볼 수가 없다
비록 여기가 동해바다라 할지라도

대천바다에서

슬며시 해는 사라졌다
내일을 약속하지 않는 단호함으로
붉은 비늘 몇 점 하늘가에 던져두고
도무지 보고도 믿기지 않는 저 지난 날의 오보처럼
대책 없는 이 이별 앞에
사라진 제 몸보다 더 많은 파도를 어지러이 보내는 것
이다.
기다리지 말라는 말보다 무서운
시꺼멓게 멍든 파도와 함께
슬슬 백사장으로 드러눕는
저 컴컴한 놈이 내게 말한다.
울지 마라 그래서 서해다

오월의 유배지에서

해가 조금씩 높아지고 정동에서 뜬다
소꼬리보다 낮이 길어지고
없는 것도 아닌데 일은 잡히지도 않고
죄 없는 시간만 늘어진다
꼭 할 일과 안 해도 되는 일의 경계가 모호해지고
자꾸만 내일 나중에 하며 미루고 있다
바쁜 사람을 보면 역정을 내다가도
날마다 최고 기온이 왜 내 탓이냐
스스로 자문해 봐도 답이 없다
그래도 저녁 바람은 가을 같은데
찾아올 사람 없지만 사립문 앞을 내다본다
술도 담고
안주로 집어먹은 오디
손톱 끝에 까만 때로 남고
세월은 제일 큰 달 수퍼문이라 하는데
몸은 곰삭은 젓갈이 되고
그 속에 담긴 쓸데없는 찌꺼기만 차곡차곡 쌓여간다

교문지도

갑자기 후 학기에
아내가 거창의 선생님으로 부임하는 통에
십 여일 이상 관사에 없었고
지난주는 정말 까맣게 잊고 교문지도도 못하는 바람에
기숙사 뒤쪽 화왕산 위로
해 뜨는 것 못 본지 꽤 되었다
오늘 오랜만에 교문에서 하늘을 보니
해는 처음 보던 삼월 초순 각도에 근접했고
열기도 수그러들었으며
심지어 눈부시지 않았다
얼마 지나지 않아
처음 삼월의 자리에서 해가 뜰 것이고
날씨 역시 그때처럼 추워서
햇빛 아래 서는 것을 좋아하게 될지도 모르겠다
가을을 재촉하는 풀벌레 소리가 쑥대밭같이 높아져서
술 한 잔 없다면 시끄러워서 잠도 못 자겠다
적당한 온도 적당한 이 가을에
밤벌레 소리 자장가 삼아 푹 자라고

술이 달았고

저 밖에 있는 곡식도 과일도 달게 익어가는 모양이다

2부

내 똥

백목련송

자취 없는 새들이
나른한 봄이라 그랬던지
나뭇가지 가득 앉아
자불자불 자불자불

제발

큰 산에 올라가 본 사람은 안다
작은 산이 얼마나 작은지
부자가 되어 본 사람은 안다
가난이 얼마나 사소한 것인지
긴 세월을 살아본 사람은 안다
그 세월과 비교한 오늘이
얼마나 숨 가쁘고 잠깐인지
그야말로 눈 깜짝할 사이라는 것을 안다
힘들고 불행했고 심지어 억울한 사람은 안다
황금 같은 시간이 얼마 없고
갈 길은 멀고 해는 떨어져
마무리 할 기회조차 없는데
이미 막은 내려오고 있다
막 뒤에서 애원을 한다 소리를 지른다
제발 조금만 더
아무 의미 없는 공허한 대사
제발

내가

잘 할 수 있는 일

아니면 안 되는 일

아니어도 그냥 내버려둬도

어차피 잘 될 일 안 될 일

잘 못하지만 해야 할 일

대충해도 남보다 잘하는 일

아무리 열심히 해도 남보다 못한 일

습관이나 생명유지 같은 그냥 하는 일

벌어먹고 살기 위해 하는 일

책임감으로 억지로

또는 기꺼이 하는 일

그 모든 것보다 중요한

진짜 하고 싶은 일이 무엇인지

곰곰이 생각해 본다

봄

새로 나는 이파리가 아름답듯이
무시하지 마라
지는 꽃도 아름답다
저 꽃 지고서야
그대 반기는 열매 달린다

子曰

나이 열다섯 학문에 뜻을 두었고
서른에 뜻이 확고히 섰으며
마흔에 미혹되지 않았고
쉰에는 하늘의 소명 알았고
예순에 남의 말이 귀에 순하였고
일흔에는 마음을 따라 해도 법도에 어긋나지 않았다 한다
나는 열다섯에 학문을 몰랐고
서른 즈음에는
뜻이 확고하다는 개념조차 몰랐고
마흔에 혹하고 살았고
쉰에는 하늘조차 몰랐으나
쉰 중간 아내 덕에
소명인지는 몰라도
뭔가 해야 하는 게 있는 것을 알았고
오십대 후반인 지금에서야
하늘이 내게 명한 게 뭔지
조금 알아진 것을 볼 때
곧

공자님 안녕하세요?

인사드릴 때가 가까워진 것 같다

육십에 얼마나 귀가 순해질지는 모르겠지만

내가 반듯하게 잘 살면

어떤 어설픈 자가 감히

헛소리를 하지 않을 테니

당연 귀는 순해질 것으로 보고

일흔 즈음

마음 따라 하는데

법도에 어긋날 정도면

아예 살 가치도 없겠다는 생각이 든다

悟道頌

긴 세월을 돌아왔지

늘 들었고 보았고

멀지도 않아

손에 잡혀 있었어

모든 것이 저 편하자는 몸뚱이의 장난

깨고 보니 꿈속의 꿈

속고 또 속고 그리 살았지

그냥 이대로 그 자체

다 알아서 싱겁기가 물과 같고

웃기지도 않다는 한 생각도 웃겨

그저 빙그레 웃을 뿐

11월

아무 일 없이
달랑 한 달 남은 11월이다
좋은 일도 있었고
화가 머리끝까지 나기도 했고
슬퍼서 살고 싶지 않은 적 있었지
지나고 나면
우습게 생각하는
편리한 망각 덕분에
한해의 끝 앞에서
부족하고 나약한 자신을 돌아본다
늘
그 자리
그 본성을 보고도
달라지는 것 없음 또한 진리이고
달라져 환골탈태 하더라도
역시 그 모양이니
조금씩 닦고 버리고 단단해지려 한다
하긴 그 조차 분별

말로는 불가하니
여기까지.

입으로

먹고 사는 가장 중요한 도구 한 가지
입
그 입을 써야 먹고 사는 것
그보다 더 힘든 것
그 입을 무기로 쓴다는 것
기자 방송인 등은 별도
말로 먹고 사는 직업 선생 별도
그 입을 흉기로 쓰는 사자 호랑이 포함

즉각

많은 일을 하던 일이 많든

다 내 하기 나름이다

일이 아무리 많아도

기꺼이 내가 해야 할 일이라는 게 납득이 되면

그 무게가 가벼워진다

아무리 하찮아도

남의 일 맡으면 무겁다

그 가운데 내가 있다

책임감은 돌도 가볍게 하고

게으름은 연기조차 쇠북같이 무겁게 한다

미루고 미루다 마지막에 할 일은 무엇인가

그 역시 미루자고 할 뿐

그냥 즉각 바로 늘 할 따름

설산을 친견하다
– 포카라 마차푸차레*

마차푸차레봉이 저녁 빛을 받아 붉게 빛났다
점차 광휘를 잃어갔고
까마귀들은 슬피 울며 왼쪽에서 날아와서 오른쪽으로
갔다
퇴근하는 모양이다
설산을 보고 있는데 자꾸 졸린다
어느덧 그 자취가 희미해졌다
이제 약간의 흔적만 있다

제대로 가까이에서 처음 보는 설산 마차푸차레
해가 져서 안보일 때까지 보았다
이상하게 깜박 깜박 졸았는데
그때마다 빛깔이 조금씩 달라져 있었다
아름답고 거룩했다

오늘은 거의 보이지 않는다
아침 경 읽으며 잠깐 보니
어렴풋이 살짝 보이는 듯 했는데

온종일 흐려서 보이지 않는다

룸비니 북쪽 삼백 리 포카라
어쩌면 부처님은 이곳을 지나 저 마차푸차레로 가셨
을 것이다
설산수도는 깨침의 중요한 여정이었을 것이다
그래서 마차푸차레를 보면 이렇게 가슴이 뛴다
구름 속에 있어도
그쪽을 바라보기만 해도 좋다

* 물고기 꼬리란 뜻의 네팔 포카라 히말라야 안나푸르나 산군에
  있는 해발 6,997m 의 등산이 금지된 아름답고 영험한 산 이름.

네팔 포카라

맑아서 설산 잘 보인다
걱정하고 있는 것일까?
알람 맞춰 놓고 자는데
한 번도 알람소리 듣지 못했다
미리 일어난다
자꾸 기쁘게 잠이 깬다
음식 적응도 잘되고
말은 알아들을 수 없으나 편안하다
부처님 나신 나라라서
인연 있는 나라여서 그렇다

구릉가 마을* 제일 아랫집

누구나 위에 있는 집만 본다
많은 집 중 가장 낮은 집
그래도 해발 1,800대
낮아도 멋진 집
낮아서 멋진 집

* 네팔 포카라 북쪽 약 150Km의 해발 2,000m 오지 마을.

인생

인생에 있어 나만 조금 줄이면
나를 조금 제하면
어디 가도 대접 받는데
누구나 그걸 모른다
내가 진짜 아니고
몸뚱이 애착인 것을
누구나 알 것 같은데
정말 아무도 모른다

성지순례 다음 날

천신만고로 일박이일 부처님 성지순례 룸비니 다녀온
다음 날입니다.

흐트러졌든가 교만하지 않습니다

갔다 온 느낌 감상 적느라

몸과 마음이 부자가 되었습니다

시간만 나면 그때 기억 되살려 메모하는 중입니다

염려하지 않아도 잘 하고 있습니다

두서없는 메모 따로 정리하는 시간이 필요 합니다

잘 정리해서 당신께 보낼게요

기분 나쁘지 않게 잘 지내세요

나는 장자의 아들

격세지감을 느낀다
라오스 다녀온 삼년 후의 네팔
원래 오려했던 삼사년 전에 왔다면
모르고 지나갈 수도 있는 일

이제 부자가 되어 있다는 것
아주 미세한 차이로
엄청난 결과가 다르다는 것을

이미 부자의 아들이라는 것을 모르는 사람과
진짜 아버지가 부자라는 것을 아는 차이 매우 크다
심지어 그 부자가 아버지가 아니고 나라는 것은 의미가
다른 것이다

부처님께서 예수님께서
너희는 장자의 아들이라고 말씀하신 것
나는 기억한다

불보살의 가피력

영천 작산철공소 명헌 아우가 만들고
네팔까지 들고 간 비용만 해도 엄청난
고산용 알로 고압 뚜껑*
두 번째 테스트에 마음 조급했다
상당한 고압 시점에 누설이 시작되어
이미 쓰던 바이스플라이어 하나를 풀어
그쪽을 더 죄려고 바이스플라이의 스프링 스위치를
내리는 순간
굉음과 함께 폭발하는 고압 수증기가
내 얼굴을 직격했다
중환자실에서 사경을 헤매고 있을 대형사고 상황인데
이상하게도 고압 수증기는 시원할 정도였다
근처 사람들은 소리치며 도망을 가고
학교 앞 네팔 사람들이 달려와
웬일이냐며 놀란 눈으로 쳐다본다
사실 엄청난 기적인데
아무 밀을 할 수가 없다
언제 어디서든 안전이 최고인데

한순간의 방심이 무섭다
프로텍터 불보살이 계셔서 천만다행이지만

* 해발 2,000m 에서는 물이 92도 정도에서 펄펄 끓는다. 고산지
  대 나무에서 채취하여 삶고 두드려서 실을 만드는 네팔 특산
  알로를 삶기 위한, 압력이 높아질수록 물이 고온에서 끓는 원
  리를 이용한 압력 뚜껑. 한동대에서 지속가능한 적정기술을 보
  급하기 위해 네팔 포카라대학에 설립한 네팔 적정기술센타의
  구룽가 마을의 알로 처리 공장에 적용한 특수 고압용 솥뚜껑.

어렵지 않다

안된다는 분별은 잘 닦은 모양이다
된다는 생각만 있다
사람을 보면 금방 알 수 있다
그냥 쓰면 시가 된다
집중하면 문제는 금방 풀린다

반듯하게 산다는 것이 어렵지 않다
혼자 있는 시간이 무료하지 않다
경 읽는 시간이 지겹지 않다

내가 장자의 아들이었고, 이미 내가 부자라는 것을 안다
부족해도 갈라 먹자며 억지로 나누던 것을
이제는 편하게 나눌 수 있다

마음의 분별이 몸뚱이 애착에서 온다는 것을 알았다
분별과 참 나의 차이를 알게 되었다
색즉시공은 깨쳤으나
공즉시색은 아직 실감이 나지 않는다

부처님의 가피와 도움을 확실히 안다
이 모든 것이 얼마 되지 않았다

내가 네팔에 온 이유

내가 네팔에 온 이유는

부처님 나신 나라이고

그래서 애초에 시작되었고

부처님 닮은 사람들이 사는 나라이고

부처님과 같은 말을 하는 사람들의 나라이며

부처님 같이 아름다운 사람들 사는 나라이고

부처님의 아들들인 나란과 비사르를 만나기 위함이며

역시 부처님의 아들인 내 재능으로

부처님 나신 나라에

조금이라도 보탬이 되기 위함이며

부처님 닮아 부처님 되기 위함이며

이미 부처님이신 분들을 잘 친견하고 시봉하기 위함
이다

동물

쉼 없이 먹고 마시고
또 하루가 지나면 또 먹고 마신다
물론 그 사이사이 험악한 것들을
아래위로 마구 분출한다
뭐라도 하지 않으면 동물 같을 것이라는 절망감으로
있는 데로 오만 인상을 쓰며
그렇게 진짜 동물이 된다

행복

현재

오직 지금 밖에 없다는 것을 아는 것

어제 그제와 다르며

당연히 지금이어야 하고

다른 사람과 비교할 필요도 없고

다른 시간과 비교할 필요도 없으며

다른 법조차 없으니

오직 어제보다 나은 나를 볼 뿐

그 조차 분별이니 그냥 그대로

내 똥

나도 이건 아니다 싶은
지독한 냄새가 있다
어제 쯤
뭔가 잘못 먹은 게 있는 결과이다
내가 생각해도
이건 아니다 싶은
지독한 아픔이 있다
어제 쯤
크게 잘못한 과보일 것이다
내 똥 냄새도 이렇게 구린데
하물며 당신은 어쩌누

표충사 만휴정

말 닫고 불 끄니 산이 보인다
말 닫고 눈 감으니
바람이 분다는 것을 안다
어슴푸레 마음이 보이기 시작한다
저 산 본 듯 쟁쟁하다

木佛 가라사대

몇 년을 그냥 두었다가
새로 장만한 잘 드는 칼로 다시 깎기 시작하였더니
나무토막이 내게 말한다
제대로 깎든지 집어치우든지

유능한 조각가들은
돌 속, 나무 속 그 형상을
마음의 눈으로 보고
단지 그 상이 나오도록 돕기만 한다는데
나는 아직 그런 것은 모른다

깎다가 보고 또 보고
조금씩 조심할 뿐이다
부처님이 나오실지 조사가 나오실지
그냥 멍청한 내 모습이 나올지는
깎아 봐야 한다

찰라 사이 마음이 이리저리 요동치며

부처님이 되었다가 절간 똥 막대가 되기도 하는데
마음이란 것이 애시 당초 종잡을 수 없기 때문이다
결국 끝나봐야 하는 것이니
답답한 건 내가 아니고 그대 목불이리라

雪山修道相 앞에서

부처님 오시네
룸비니 마하 데비사원 나신 자리 지나
험한 산길 꼬불꼬불 걸어 오시네
깊은 골짜기 돌아서
짙푸른 내도 건너시며
곧장 오셔도 되는 길을
생긴 땅 모양대로 밝히시며 오시네
멀리 합장하는 설산 보시고
굳게 맹세하시며 걸어 오시네

팔천 고봉 꽃잎처럼 푸르고
안나푸르나
그 가운데 하늘 향한 굳은 합장
마차푸차레
반드시 깨치고 정각에 가리라
굳은 맹세 지니시고
곧 되실 부처님 저리 오시네
내 앞에도 없었고 내 뒤에도 없으리
지고한 고행으로

설산에서 육년 수도하셨네
조금만 추워도 손가락이 곱고
조금만 앉아도 무릎 아픈 중생은
결코 알지 못하리
처절하고 장엄하고 거룩한 부처님의 설산 수행

보경사 팔상전 팔상탱 설산수도상 앞에 앉아
낮은 목소리로 금강경을 읽으며
삼천년 전 먼저 닦으시던 부처님께
조금 힘이 될 수 있다면
그 고행에 검불 하나 거들어 드릴 수 있다면 좋겠다
경을 읽었지
지난 세월을 거꾸로 장엄할 수 있고
후생이 부촉할 수 있으며
중생조차 부처님을 성원할 수 있다는 것을 알았네
그래서인지 제화갈라보살님은 돌아앉아 웃으시고
　니륵보살님이 등 뒤에 앉아 꾸벅 졸고 있는 척 하는
것도

다 알고 보면 꿈같은 경계

미안에 머물지 않고
부처님 마음 닦는 모습을 보며
감사의 큰 절을 올린다

봄 강도

이른 매화
한 소식 듣고 오려면
그래도 칼은 들고 가야겠지

갓바위 부처님殿 上書

평생 한 가지
딱 간절한 만큼 들어주신다는
돈으로 계산하면 금강석보다 비싼
갓바위 부처님
무슨 영험으로 그리 높이 앉으사
뭇 중생 소원 하나하나 귀 기울이고 계신가요
못 뵌 새에 어깨가 많이 기울어지셨군요
제가 오늘 빈 손 빈 입이라 송구합니다만
합당한 공양물 들고
그럴듯한 소원 하나 몰래 들고
아무렇지도 않은 척 하며
점점 무거워서 기울어지기 전에
잘되면 당신 덕이라
약사여래불 약사여래불 정근하며
곧 다시 한번 오면 안될까요

뉘가 내게

갚을 것이 없으니
다 갚았으니
너 좋은 데로 살아라
하면 좋겠네
오늘
늦지 않았기를 바라며
새삼 못했던 끊음을 끊었네
담배 끊은 다음날
목숨을 끊은 것만큼 억울한 날

地心

단지
내가 심지 않았다는 이유로
내가 그리한 놈보다
봄날 축복 잔뜩 받아
잘 자란 징한 놈들이여
혹 내 손에 잡혀 뿌리 채 뽑혀도
게으른 주인 놈 변덕이 원래 그런가 하거라

현재

현재 현재 현재라
나뭇가지 흔들고 가는 무심한 바람같이
아무 흔적 남지 않은
나뭇가지 조용한 손짓같이
조금 전 바람이 지금 바람 아니듯
손짓하는 나무의 신명이 아까와 다르듯
가만히 있는 것은 아무 것도 없다
뱃전을 스치는 맑은 강물처럼
아무 형상 없는 강의 무심한 흐름처럼
조금 전 그 물이 이 물 아니듯
그대로 머물고 있는 것은 이미 아무 것도 없다

새벽기도

이제 깜짝 놀라 깨면서
다행이구나 하는 일 없게 하소서
미리 준비하고 할 일 마치게 하사
가슴 졸이고 슬퍼하며
이게 다 꿈이었으면 좋겠다고
놀라지 않게 하소서
반듯하게 살아
꿈과 현실이 둘 아니고
하는 일 마다 생각 생각마다
꽃이 핀 듯 아름답게 살도록
조금만 도와주시어
경계에 이끌리지 않고
분별은 사라지고
삶과 죽음 역시 둘 아니고
그대가 이미 세상의 중심이며
나는 바람에 날리는 쭉정이임을 알게 하소서
진실과 밝음 속에 살다
후회나 미련 없이
마지막 길 훨훨 떠나가게 하소서

합장

두 손을 가슴 앞에 가지런히 모은
아무런 해를 끼치지 않겠다는
무기인 두 손이 완전 개방된
흐트러진 두 마음을 하나로 하는
네편 내편이 없는
사소한 것 같지만 거룩한
진정 승복하고 복종한다는
고개 숙여
존경하고 사모하겠다는
두 손바닥을 마주하여
뜨거운 가슴 앞에 가지런히 세우는
인간이 할 수 있는 극강의 아름다운 행위

3부

아귀와 천사

그리움

가끔 생각나고
어쩌다 생각나도

하루걸러 생각나고
매일 매일 생각나고
아까 생각났다 지금 또 생각나고
늘 생각 생각 꼬리를 물고
또 그 생각뿐이더라도

혹은
한 달에 한번
두 달에 한번
육 개월 일 년에
아니 십 년에 한번

딱 한번 생각나더라도
그것은 그리움이다

생일

딸 아들 마눌
모두 생일 축하한다 말만 하냐
평소 내가 말로만 그래서 그런 거려니 하고
내가 참고 살란다
언젠가 어머니가 날 낳아 기뻤으리라 생각하며
어제 점심에 나온 쇠고기 미역국 두 그릇
미리 먹어둔 게
그나마 참 다행이다
새롭지는 않아도 한해 한번이라
그냥 지나면 왠지 손해 보는듯한
바로 그 느낌
생일날

다시 시인이 되다

아내가 없으니 시인이 된다
아내와 떨어져 있을 때 가끔 시인이기도 했는데
아무 일도 안하고 아무 일도 못하고 있다
다시 어린애가 되었나보다
어머니가 필요한 나이 되니
다시 감수성 예민한
까칠한 시인이 되는 모양이다
시인은 어려야 하는지
어릴 때는 정말 몰랐다가 이제 알았다
철 든 시인 보기 어디 그리 쉬운가
다시 시인이 되었다

아내

아내가 서재에서 책을 보고 있는 사진을 꽤 오랫동안 핸드폰 화면으로 정해 지니고 다니었다. 그녀의 특징인 지성적이면서 고고한 학의 느낌을 주는 그런 사진이어서 그랬다. 그런데 이번 거창 회천에 산책 나갔다가 찍은 사진 중에 눈에 드는 사진이 있어 오랜만에 바꾸었다. 강가에서 살짝 웃으며 오른 쪽을 쳐다보는 장면인데, 부드러운 미소가 자비로운 관세음보살을 뵙는 듯하다. 아내의 얼굴은 남편하기 달렸다는 것을 절감하며, 그동안의 나를 깊이 반성한다. 저토록 자비로운 표정의 사람을 때로는 야차같이 보이게 만들었던 내 죄가 뼈에 사무친다. 폰을 켤 때마다 그윽한 눈길로 나를 쳐다본다.

거창 회천

어지러운 물결의 흐름이
가지런한 돌 틈을 지나면
저렇게
다림질한 헝겊같이 가지런해지지 않더냐.
어미와 아들이 나란히 앉아
그냥
쳐다만 보고 있어도
그렇듯
그들처럼
물길이 반듯해지지 않더냐
밤과 물과 가을이 점점 깊어져 가고

어머니 마음

씻은 물주전자 가스레인지에 올리며
주전자 바깥 물기를 닦지 않으면
물 끓는 동안
남은 물방울 까만 점으로 남는다는 것
비누칠 한 손 씻으며
세면대 구석구석 같이 문지르지 않으면
보기는 하얗고 깨끗해 보여도
물때가 앉아 꺼칠해진다는 것
물휴지 한 장으로
입 닦고 손 닦고 코 풀고
식탁 닦고 바닥 닦고
렌지 불판 사이사이 다 닦을 수 있다는 것
아는 만큼 보이는 어머니 마음

손가락으로 욕하는 그대

손가락으로 욕하는
그리고 손과 온 몸으로 욕하는 탁월한 기술의
세계에서 유래가 없는 우리민족 백의민족
그 중 가난한 갯마을에서 일찍 영재교육을 받고 습득한
엄지를 검지와 장지 사이에 넣고
손가락으로 욕하는 그대
친구 종윤이 카투사 가서 배워온
미제국주의자 가운데 손가락 빠큐 욕도 배웠지
나이 육십이 다 되어서
엄지 검지를 비틀어 하트 날리는
두 팔 머리 위에서 돌려 손끝 모아 하트를 만드는
사랑의 표현 배웠으니
이제라도 알게 되었으니
손가락 욕 그만하고 사랑해 날려야지

그 자리에 있을 때

오래된 집 헐어낸 자리 보면
생각보다 작다
오래 누워있던 사람 자리 치우고 나면
생각보다 그 자리 크다
늘 있어 소중한 것 모르면
언젠가 땅을 치며 후회할 일 있다
생각보다 배신하는 것 소소하게 많다
잘해라

아귀와 천사

삼겹살 맛있어 볼이 미어터지도록 씹다가
건너편에 앉아
소스 없이 양배추 샐러드 먹는
아내를 봤다
고기 안 먹는 그대 앞에서
혼자만 좋아라 맛있게 먹는 내가 우습다
나는 아귀 같아 미안하고
그대는 너무 약해 안쓰럽다

센 숯불에 살짝 제대로 구운
소갈비살 맛있다
정신없이
허겁지겁 먹다가
불판 언저리에 있는 계란 익힌 것
조금씩 떼어먹고 있는 아내를 본다
소주 곁들여 좋아라 신나게 먹던 내가 우습다
어쩌다 아귀 같은 나를 만났을까
천사 같은 그대가

그대에게

내게 필요한 사람이 내 옆에 있는 것보다
나를 필요로 하는 사람 옆에 있고 싶다
누군가 내 생각을 할 때
누가 나의 이름 불러줄 때
생각나더라도 차마 부를 수 없는 이름이어도
곁에 있는 사람이 되고 싶다.
다 생략하고
사랑하는 사람 옆에 필요한 사람
곁에 사람이 필요할 그때
꼭 그 옆에 있는 사람이 되고 싶다
늘 그대 곁에서
그대를 힘들지 않게 보살피는
탁탑천왕같은 사람이 되고 싶다

물불

불은 기체다
물은 액체다
불이 물을 못이기는 이유가 다 있다
불이 물을 들들 볶을 수는 있다
그래서 물도 기체가 되기는 한다
그래봤자 쇠귀에 경 읽기라
불만 없으면 얼른 제자리
물은 늘 불을 어기는 무거운 녀석이다
불같은 그대여

나는 천상 할배

나는 천상 할배다
얼라들만 보면 그냥 파안대소
입이 귀에 가 걸린다
아인이만 해도
다윈이만 해도
라인이만 해도

삼겹살집에서

늘 남의 살 탐하고 살지
정수리에 꽂히는 일갈
자신의 살이 불판에 구워지는지 모르고
남의 흉 아니면 자기 자랑
생사가 걸린 문제 앞에서도 욕망이 먼저
아이구
살이여

고요

당신은 멀리 있구요
위층 녀석 억세게 쿵쿵거리며 왔다 갔다 하구요
밤은 시나브로 깊어 가구요
결국 봄비 내리고요

미운 바로 그놈

담배 멀리하라는 의사 말에
긴 장죽으로 담배 핀 놈이나
술 좀 작작 먹자는 아내의 말에
삼십도 담금주에 물 타서 마신 놈이나
흡수고 지랄이고 총량은 불변이라
다 거기서 거기지만
그래도 쪼매만 예뻐해 주면 안 될까?

자장면

늘
언제
어디서나
쉽고
빠르고
싸고
간편한데
맛있고
배부르니
너는 정녕 축복이로다
오늘도 축복이 쏟아지네

한 소식

봄은 남쪽에서 오고
단풍은 북쪽에서 온다
해는 동쪽에서 오는데
서쪽에서 오는 것만 모르겠다

아내는 내 질문에
저 녁 노 을 이라 했다

좌파에게 고함

우파가 집권해서
좌파가 되는 것을
단 한 번 본 적 없다
그리고
좌파가 집권해서
시나브로 우파가 되지 않는 것 본 적 있더냐?
결국 우월해서 우파인 모양인데
좌파는 집권 전에
미리 자신을 밧줄로 묶어라
연봉이 평균 국민소득 넘는 그 누구도
공무원이나
선출직이나
노조위원장이나
국가 임명직을
할 수 없도록
평균소득보다 적게 가져가도록
단단히 명문화 하라
국민이 좌시할 수 없게 하라

하루

하루하루가 참 길다
기도하러 간 아내가 없어서 그러하다
무엇을 해도 허하고
시간은 몹시 더디게 간다
몸과 마음이 다 늘어져서
구석구석 아프지 않은 곳이 없다
혼자 유리창에 뽁뽁이 붙이느라 온갖 용을 썼더니
만져지지 않는 깊숙한 목 근육까지 아프고
연말에 탄 적금 같은 피로일까
입술도 터졌다
어제는 내일이 언제 올지 몰라 늦게 잤지만
오늘은 당신 오는 내일 전날이라 일찍 자야겠다

늦잠

늦은 일요일 아침은 차려 먹었습니다
식은 밥 한 덩이
미역국에 넣고 바글바글 끓여
섞박지 한 사발 돔배기 한쪽
싹싹 다 먹고도 허기가 남아
방금 사다놓은 사과를 깎으려다
아이 참
나만을 위해
차마
그럴 수가 없었어요
당신을 위해 그래야 할 것 같아
기다렸다 같이 먹자 했네요

내 친구 주태

주태 회사 앞 차 두 대
흰색 쏘렌토 파란색 더블캡
흰 차만 있으면 주태 POSCO 갔고
파란 차만 있으면 사무실에 없다
차 두 대가 다 있으면
당연 사무실에 있다
마치 신호등 같아
한결같은 주태가 어디에 있는지
친구들은 다 안다

후배 광석 정수 우근,
그리고 용재 형 국건 형 규목 형

젊은 날 그리 큰 잘못도 없는 광석이를 그냥 막 때렸고
이번 명절에는 정수를 팼다
사 년 전에 이혼했는데
그동안 말을 안했다는 이유로
처음 패봤는데 그리 마뜩치 않다
너무 아끼느라 살살 했나보다
실재로는 우근이를 더 패야 하는데
만날 수가 없어 그런가 한다
광석이는 작년에 시집을 백 권이나 읽었다하고
우근이는 한 해만에 시집을 또 냈다고 하는데
아무것도 안한
진짜 얻어 터져야 하는 나는
패주는 선배가 없다
용재 형 국건 형 규목 형
다들 어디 가셨나
나는 선배 사랑이 그립다.

무엇일까

밤사이 달라진 것은
괜히 새벽잠이 사라지고
머리는 맑고
각성제를 먹은듯한 이 상태

봄이 왔다는 것은 알겠고

아들 생일날에

별 것 아닌 것이 아니라 별 것이라 다투는 우리 부부
에게
졸잖게 서로 사과하라는 아들
어느새 다 커서 부모를 가르친다

나 역시 그랬을까
아버지는 일찍 가셔서 못 보셨지만
어머니는 어느 날
당신을 가르치려는 나를 보시고
진정 기꺼우셨을까?

스물네 살 반듯한 아들이 자랑스럽고
아들 스물일곱 될 때까지
피와 살로 남은 인연
최선을 다한다는 아내에게
괜히 좁은 속 부끄러워
잘 먹었던 미역국
시내 유명 초원통닭 후라이드치킨까지

덩달아 소화도 안 되는
이상 야릇 부끄러운 밤

후배 문상 유감
―철호 喪中에

오십도 안 된 나이에
아우의 문상을 가다
형님 같은 아우 누님 같은 후배
후배 같은 형 삼촌 같은 선배
오랜만이라고 소주잔 부딪히진 마라

올 때는 차례로 와서 형 동생 정했지만
갈 때는 이미 각각이다
모두들 기가 막혀 눈길도 버리고
그저 깡 소주만 마신다
서둘러 자리를 떠나니
불쌍한 상주들만 남았다

무슨 핑계를 대어도 허전한 이별 앞에
너희 아우들 선배 무시하지 마라
제발 먼저 가서 형 절 받아 먹지 마라
술김에 단디 당부하고 돌아섰다

눈의 꽃

어머니는 말씀하셨지
니가 남의 눈에 꽃이 되면 좋겠다
봄이라 그런지
내 머리에도 꽃이 피었네
아하 이제 드디어 나도 남의 눈에 꽃이 되려나 하는데
아내 왈
이 인간아 제발 머리 좀 감아라

병재에게

불알이 하얗던 철없던 시절에 만나
철들만한 나이에 생각해보니
반듯하게 잘들 살았구나
자네 보니
마음에 등 하나 켠 듯 환하다
미우나 고우나 친구야
아내와 자식이 존경한다면
성공한 인생이지 뭐가 또 있겠나
술 담배 다 끊고
스님보다 착실하게 산다는 친구야
적어도 나보다는 오래 살겠다
철없던 세월이 마흔 개가 넘는구나

새

- 노대통령 서거 후

새는 울어서 몸무게를 덜어 낸다

가벼워지기 위해 저리 울어

마침내 하늘을 가는구나

말 한마디의 무게가 무겁다

오래된 생각보다

군둥내 나는 김치 사발보다 말 한마디가 무섭다

노사모 형준아

봉하마을까지 왔다가 그냥 가니

차마

입구

멀찍이 서서 기다리는

형 보고 가야지

울음 참아서 무거워진 우리

막걸리 잔이라도 부딪히며

쌍욕이라도 좀 나눠야지

울어서라도 가벼워져서 가야지

형준아

다행

문득 생각났다
발이 멀쩡해서
오른손이 멀쩡해서
다행이다

왼손이 크게 다쳤어도
아버지 제사상에 놓을
밤을 칠 손가락이 남아 있어
다행이다

살아있어 다행이고
눈 귀 코 입 몸 마음을 쳐다볼 수 있어
다행이다

정말 다행이다

광명시장에서

낯선 광명시장통에서
지짐이 한 장 달랑 놓고
처음 먹는 막걸리에 취하면
괜히 외롭다
붉은 알전구들이 꺼지고
거뭇한 간판이 성큼 다가서며 위협하는
늦은 밤의 재래시장
뼛속 깊이 외로움을 새겨본 사람은 안다
혼자 있는 자신의 무게가
마신 술이 되는 만큼 무겁다는 것을

말이 쉽다

말이 참 쉽다
너는 어찌해서 잘못했고
솔직하지 않아 부정직하고
참말 드문 거짓말쟁이고
핸드폰 진동만 하는 것 보니 켕기지 하네
켕기는 것 많고 거짓말 많이 했고 정직하지 않아서
온통 잘못으로 가득한
참 화 나는 밤

송근봉 담금주 앞에서

– 난장밴드에서

얼굴도 몰랐지만

형 아우 정했네

그냥

주민등록증에 박힌 숫자대로

온 오프 왔다 갔다 하며

정도 주고 소주잔도 주고

가끔은 불평불만 뒷담화도 나눴지

얼굴 한번 못 본 아우가

사촌보다 낫고

옆집 윗집 아랫집보다

더 반갑고 친한 형님들

이것은 여러 생 인연이 아니고서야

설명될 수 없는 고귀한 인연

아낌없이 퍼주고 나눠주고 가르쳐주고

극락이고 천당이지 뭐 별천지 따로 있나

술은 첫 잔이 좋고

벗은 오래될수록 좋은 것

늘 감사하고 또 감사하며

양구 하마 아우가 보낸
솔향기 가득 송근봉 담금주
각각 멀리서
건배

해 설

착한 집착, 너른 마음의 프로파간다

이 우 근

(시인)

시가 무엇인가?

김종복은 다시 묻는다.

시가 누군가의 전유물이 아니라는 것은 만인주지의 사실이다. 그는 시가 시인의 전유물이 아니라 만인이 사유할 수 있는 긴 여정의 결과물이라고 눌변을 한다. 오래 전에 마릴린 먼로가 쓴 시가 미국의 유명 시사주간지에 발표된 적도 있다. 시인 아닌 사람이 어디 있으랴.

적어도 시는 익명성의 산물이 아니라, 비록, 그 글을 쓰는 사람의 전체가 드러나지는 않지만, 나름의 진솔한 삶의 결과로서 작품, 혹은 하나의 풍경을, 자신의 삶을 투사(投捨)하는 소중한 결과임을 증명하고자 한다. 그 공감의 깊이와 끄덕임을 유도하는 인간의 가장 소중한 행위 중의 하나임은 분명하다. 손바닥만한 감동과 메아리 불분명한 울림이라도 그 가치는 이미 충분하다. 성과가 무슨 문제인가, 그것은 차후의 문제이다.

오히려 혼동을 조작하고 편협하고 독단적이며 정체불명의 이론을 끌어다대며, 번역체이거나 혹은 망칙한 언어의 조합으로 그것이 마냥 새로운 세계에의 창조인 양 떠벌리는 많은 언어의 혼탁의 현장에서 김종복은 조용히 물러나 있는 듯하다.

단순하나 명징하며, 서투르나 깊으며, 천천히 멀리 간다. 조용하나 과시하지 않으며, 희롱하나 진지하다. 고양이의 방울소리이기도 하고 먼 산 골짜기의 바람소리이기도 하며, 심연의 우물에서 조용히 두레박을 끌어올려 이마에다 붓는다. 다만, 수용의 문제다. 제대로 듣는가, 제대로 마시는가, 제대로 느끼는가? 이런 물음을 자신은 물론 상대에게도 그대로 전한다. 칼날이 향하는 곳은 어디인가?

> 누구나 위에 있는 집만 본다
> 많은 집 중 가장 낮은 집
> 그래도 해발 1,800대
> 낮아도 멋진 집
> 낮아서 멋진 집
>   ─ 〈구룽가 마을 제일 아랫집〉 全文

시적, 문학적 결과물이 또 다른 다툼의 징조가 된다면 그것은 본질에서 조금 벗어난 것이다. 아무리 강조해도 지나치지 않을, 집단적 문학적 총화(總和)는 없지만, 글을 통한 마음의 총화는 충분히 가능하다. 그것은 국가나 이익집단, 혹은 이념집단으로 상징되는 그러한 집단의 소속에의 귀속이 아니다. 종교의 힘을 빙자한다면 더더욱 아니다. 그런 소요적인 집단 내지 무리들을 항거할 대상으로 설정함으로 인간의 가능성을 시험해보는 과정을 거쳐 사람의 마을로 상징되는 따스한 집단에로의 여정 혹은 과정이다.

　삶의 지평(地平)을 확대해 나가는 과정은 철저한 자기 반성과 성찰이 없이는, 그 내면의 투철하고 냉철한 싸움 없이는 불가능하다. 더러, 쉬운 깨달음은 있어도 큰 깨달음은 드물다. 그러나 쉬운 깨달음이 쌓이고 쌓이면 큰 깨달음은 저절로 온다. 그것은 너무나 둔중해서 오히려 당사자가 느끼지 못할 수도 있다. 그대로 생활로, 일상으로 굳어지기 때문일 지도 모른다. 한 소식 했다고 떠든다고 증명이 되는 것도 아니다. 그것은 그의 행위가 돈오(頓悟)에서 점수(漸修)를 거쳐 행선(行禪)이 되고, 간화(看話)를 거쳐 봉선(封禪)에 이르러서는 평범한 일상이 된다. 이 점이 그의 지향점일지도 모른다.

새로 나는 이파리가 아름답듯이
무시하지 마라
지는 꽃도 아름답다
저 꽃 지고서야
그대 반기는 열매 달린다
　　— 〈봄〉 全文

　세상의 온갖 잡것과의 교류가 사람살이다. 사람과 사
물과 풍경의 조화가 그러하다. 특별한 것은 아무 것도
없다. 그 과정에서 올곧게 자기의 중심을 지키며 자신을
지탱해 나가는 일은 쉬운 일이 아니다. 애초에 뜻을 세
운 그 무엇을 지탱해 나가기 위해서는 때론 거칠기도 한
정반대의 경험도 허다하다.

　그 진창 속에서도 지향하는 바가 명확하여 외부의 충
격에도 의연할 수 있는 내면의 힘을 축적하고 발휘하며,
숱한 파란에도 멈추지 않고 정진, 전진하여 더욱 발전하
는 것이 사람의 과정이다. 수행과 기도, 공부와 노동, 의
식주의 해결, 관계의 확대, 존재의 의미의 향상도 그 부
속물이다. 그것은 외형의 문제가 아니다. 더 깊은 곳으
로의 출발이라는 것에서 의미를 찾을 수 있다.

　남의 눈에 꽃이 되라시던
　어머니의 당부도 잊은 채

일 같지도 않는 일만 하다

이 세상 마지막 복인지

아름다운 눈 너희를 만났구나

꽃같이 예쁘냐고

천만에 꽃보다 더 예쁘다

공부 좀 못한들

좀 못생긴들

크든 작든

담배 피다 걸려 혼이 나든

이미 세상에서 가장 빛나는

예쁜 꽃이다 너희는

(중략)

그래서 그런가

며칠 안감은 머리 곳곳에서

하얀 꽃가루가 날리고

꾹 눌린 뒤통수에는 할미꽃이 피었구나

　　　— 〈꽃〉 중에서

　　김종복 시인의 시의 힘은 지극한 관찰에 있다. 수행과 명상을 돈오와 점수로 구분할 수는 없겠으나 그 기본적인 이해의 축이라고 보아도 무방하다면 시의 표현의 방법으로는 관찰과 간파라는 용어로 대체할 수 있으리라 본다. 그의 오랜 관찰에서 오는 정서적 침잠과 거기서 용해된 시적 감각을 간파로 연결시켜 빛나는 언어로, 혹

은 죽어 있던 언어가 펄떡펄떡 뛰는 언어로 부활하는 수
도 있을 것이다.

앞에서도 언급했듯이 지나친 간파의 언어들, 혹은 문
장들이 서로 이웃하지 못하고 불협화음을 일으키고, 그
것이 상징과 은유의 결과물이라고 강변을 한다면, 물론
그것도 시의 일부이기는 하지만, 아름답기 위하여 추함
을 부각시키는, 충돌시키는 언어에 대한 무책임에 대해
서는 책임을 물어야 할 것이다. 미래의 시는 미래에 가
서 쓰면 된다.

3부로 이루어진 이 시집을 관통하는 하나의 제시어로
계(戒), 정(定), 혜(慧)를 떠올릴 수 있는 것도 우연은 아
니라는 단서를 두고 접근하면 그의 정신을 집약적으로
이해할 수 있다.

1부의 〈다친 내 손으로 할 수 있는 일〉을 예로 보자.

　　가방이 무거워 보인다
　　내가 좀 거들어줄까
　　발걸음 너무 무거워 보여
　　가는데 까지 같이 갈까

　　네 어깨의 짐이
　　네 발걸음이
　　조금이라도 가벼워졌으면 좋겠다 선생님은

축 늘어진 힘없는 네 손
다친 내 손 조금 나눠줄게
성하진 않아도 아직 따뜻하지

아무것도 아닌 것이 아닌 것이야
그냥
잇몸 내놓고 환하게 웃는 너를 보고 싶어
너는 꽃 피는 춘삼월이야

같이 하늘 한번 보고
까짓것 될 대로 되라지
이러언 시베리안 허스키
수박씨 발라먹을 스키
같이 한번 하자고
학생부장님도 안계시잖니

아쉽지만
헤어지는 길목이니
이제 놓아야겠지
오늘 헤어져야 내일 또 웃으며 만나겠지

어이
한 번 더 하고 갈래
시베리안 허스키
수박씨 발라먹을 스키

선생님인 듯한 화자는, 물론 본인이겠지만, 어쩐 일로 손을 다친 것으로 보인다. 필자는 알고 있지만 밝힐 필요는 없다. 생업의 전선에서 "일 같지도 않은 일만 하다/이 세상 마지막 복인지〈꽃〉" 만난 아이들을 가르치면서 서로 어울려 다가가며 동화하는 모습에서 수행의 〈계〉로 읽을 수 있는 부분이다.

선의 체화(體化)된 양식으로서의 시를 통해 사람이 지켜야 할 기본을 낮은 음성으로 발설하며, 발설하는 그 자신의 목소리를 최대한 낮춘다, 누가 자기 혼자를 향한 넋두리를 소음이라고 이야기할 수 있을까, 낮은 목소리는 둥글게 자신에게 향한다. 목적이 없어 더 선명하게 공감을 이룬다, 아니, 이루고자 한다. "다친 내 손 조금 나눠줄게/성하진 않아도 아직 따뜻하지"라며 먼저 손을 내민, 아무도 이유를 묻지 않을 거친 손을 내밀어 동행(同行)을 청하는 그 손길이, 구원의 손길이 아님은 분명하다. 그러나 사소하지만 지극히 우리가 필요로 하는 행동이다. 이유는 없다. 네가 있기에 내가 있고, 그런 관계의 연속에서 꽃이 핀다. 손을 내밀어 체온을 나눠주면서, 마음이 짐의 무게까지 분담하는 것이다. 착한 거래다.

다음의 시는 그의 일상화된 시적 체험이 어떻게 형상화되고 구체화가 되었는지를 확연하게 보여준다.

찾아올 사람 없지만 사립문 앞을 내다본다
술도 담고
안주로 집어먹은 오디
손톱 끝에 까만 때로 남고
세월은 제일 큰 달 수퍼문이라 하는데
몸은 곰삭은 젓갈이 되고
― 〈오월의 유배지에서〉 중에서

　김종복은 나름대로 치열하게 싸우지만, 상대가 없다.
새도우 복싱이라고 해야 할까, 세상의 높은 벽을 뚫으려
하나 벽은 뒤에 있다. 위에 제시한 스스로의 유배지에의
삶이다. 그 점을 더욱 명심하기에 스스로 자기의 한계에
도전하거나 아니면 오히려 벽에 갇혀 문을 꿈꾼다. 그는
건설현장 혹은 삶의 현장에서(그는 그것을 '일 같지 않
은 일'이라 직설적으로 표현했다) '게으르게' 치열했다.
평판은 사람들의 몫이다. 그런데 시를 읽다보면 그는 거
창 혹은 창녕에서 선생님으로 일하고 있다고 표현했다.
그 어렵다는 건설기계기술사의 자격을 마다하고 말이
다. 유배인가, 자폐인가, 생의 자리바꾸기인가!
　다 그렇진 않겠지만 보통의 시인들은 자기의 정체를
잘 드러내지 않고 포괄적으로 표현하거나 익명으로 드
러내길 원하는 경향이 있다. 그러나 그는 지나온 자기의

삶을 포기하고 정면승부를 하는 거 같다. 창녕제일고등학교거나 아이들의 이름을 직접 호명하며 자신의 세계를 활짝 '개방' 한다. 생업(生業)이나 일답지 않은 일을 팽개치고 스스로 유배를 자처한 그의 심정적 형편을 가감 없이 드러낸다. 한계에 부딪친 일상적 삶에서 돌아와 사람에 관한 일에 직접 관여하며 새롭게 개화(開花)하는 자신의 내면을 살핀다. 자신을 위한 공간으로의 유배라 할만하다. 피상적인 현실의 계율에서 벗어나 자신만의 계를 실행하는, '몸은 곰삭은 젓갈이 되 어도, '손톱 끝에 까만 때로 남' 는 사람의 흔적, 거기에는 구린내를 자양분 삼은 깊은 향기가 난다.

일상이 배제된 시는 공허에 가깝다. 야무진 일상일수록 공감의 폭은 넓어진다. 관념과 타협하지 않는 그의 시적 자세, 일상의 서사가 더욱 선명해지는 부분이다. 체온이 옮겨주는 믿음을 갈구하는 그 행위에는 "꽃 피는 춘삼월" 이 만개하고 있다. 쌍욕을 정화한 거친 말이지만 우리는 아이들의 내면의 불안과 불만과 경계를 어느 정도 파악할 수 있다. 그런 경계와 두려움을 무너뜨리려 서슴없이 같이 욕을 하자는 다가섬은 같은 눈높이, 동질성의 회복과 신뢰의 확보를 전제로 한다. 책가방의 무게를 나누는 단순한 행위에서 '수박씨' 만한 믿음이 싹트고, 그것은 '시베리안 허스키' 의 다정함으로 발전해 가는 것이다.

선생은 앞에 가는 사람이 아니라 같이 가는 사람임을 시인은 말하고 있다, 그 길에는 '반짝반짝 봄빛'과 "살랑살랑 봄바람"이 "걸러내고", "헹궈낸다〈1학년 4반〉".

그들이 도착하는 곳은 외형은 조금은 낡고 느슨한데, 속은 제법 알차고 야무진 학교, 햇살 찬란한 운동장에는 계(戒)의 만국기가 펄럭이고 있다.

정(定)은 어떠한가.

> 말 닫고 불 끄니 산이 보인다
> 말 닫고 눈 감으니
> 바람이 분다는 것을 안다
> 어슴푸레 마음이 보이기 시작한다
> 저 산 본 듯 쟁쟁하다
> ― 〈표충사 만휴정〉 全文

김종복의 시는 문자 그대로 말[言]의 사원에서 끊임없는 발아(發芽)을 조용히 진행시키고 있다. 비록 그의 성향에 힘입은 바가 크지만 충실한 부처님의 신자로서의 삶을 살기 위해 끊임없는 성찰을 거듭하며 부단한 수행의 경험을 그대로 글로 옮긴다. "산 본 듯 쟁쟁"하게 "어슴푸레 마음이 보이기 시작"하는 경지는 일상(쟁쟁)과 수행(어슴푸레)의 경계에서 감각과 지관(止觀)을 넘나든다. 조고각하든 절차탁마든 무엇이 중요한가, 응작여시관(應作如是觀)이다.

그러한 행위는 "몇 년을 그냥 두었다가/새로 장만한 잘 드는 칼로 다시 깎기 시작하였더니/나무토막이 내게 말한다/제대로 깎든지 집어치우든지〈목불 가라사대〉"나, 혹은, "단지/내가 심지 않았다는 이유로/내가 그리한 놈보다/봄날 축복 잔뜩 받아/잘 자란 징한 놈들이여/혹 내 손에 잡혀 뿌리 채 뽑혀도/게으른 주인 놈 변덕이 원래 그런가 하거라〈지심(地心)〉 전문(全文)"에서 여실히 드러나고 있다.

독사(doxa)라는 그리스 어가 있다. 각자의 방법으로 세상을 보는, 그 눈에 비친 그대로의 형상이라는 뜻이라고 한다. 나아가서는 각자의 의견이나 사상, 인생관과 가치관 등등이 포함된다고 할 수 있다. 오래 지켜보며 형성된 가치체계 혹은 사고체계라고 해도 무방할 것이다.

내친 김에 더 나아가 본다. 굳이 그리스 어를 떠올리지 않더라도, 독사(毒蛇)의 눈으로 보고, 그런 감각을 품고, 은밀하게 언어의 길목에서 기다리다가 쥐와 개구리를 잡듯 언어를 낚아채야 하는 것이 시인의 운명이고 숙명이며, 직업이며 취미다. 섣불리 시비 걸며 싸우면 독이 되지만, 다독여 삭히면 약이 되는 것처럼, 오래 지켜보면 세상은 평화로워지고 아름다워지고 따스해진다.

그래서 시인은 천형(天刑)을 받았다고 하지 않는가.

  그러나 즐거운 지옥이다.

  혜(慧)는 또 어떠한가.

  지혜는 세상을 살아가는 방법이다. 공부 잘 하는 것을
포함하여 보다 바른 것의 추구, 그 너머를 겨냥한다. 그
러나 과녁은 없다. 자리매김도 없을뿐더러 앞뒤도 없다.
바다를 건너거나 산을 넘거나 하늘을 날더라도 혜의 세
계에서는 배가 필요하지 않고 기차를 이용하지 않아도
되며 비행기 티켓을 끊을 일은 더욱 없다.

      씻은 물주전자 가스레인지에 올리며
      주전자 바깥 물기를 닦지 않으면
      물 끓는 동안
      남은 물방울 까만 점으로 남는다는 것
      비누칠 한 손 씻으며
      세면대 구석구석 같이 문지르지 않으면
      보기는 하얗고 깨끗해 보여도
      물때가 앉아 꺼칠해진다는 것
      물휴지 한 장으로
      입 닦고 손 닦고 코 풀고
      식탁 닦고 바닥 닦고
      렌지 불판 사이사이 다 닦을 수 있다는 것

아는 만큼 보이는 어머니 마음
— 〈어머니 마음〉 全文

　시인의 세상사는 방법은 '둥긂'이다. 둥긂은 물의 원형
이다. 상선약수(上善若水)라는 고색창연한 말을 동원할
필요도 없다. 사족이다. 물 묻은 손과 물수건 한 장으로
순식간에 주위를 평정하는 어머니의 지혜와 둥근 마음
은 물에서 비롯되었다. 물이 지구를 감싸고 있지 않은
가, 상쾌한 상징이 아닐 수 없다. 불은 흔적을 남기지만
물은 흔적조차 남기지 않는다 하지 않았는가. 물의 신학
(神學)이고 물의 시학(詩學)이다. 끊임없이 순환의 고리
를 완성하며 생명을 생명답게 존재하게 하는 그 물은 이
렇게 흐른다.
　김종복은 외형적으로나마 특별하다고 여겨지는 몇몇
부류의 집단들, 물질과 권력 이외에는 특별하달 것 없
는, 아드르노의 표현에 의하면 '무식한 전문가'의 언어의
남용(濫用)과 차용(借用)을 기꺼이 용납하고 싶지는 않
은 듯하다. 그들이 지배하는 찬란한 세상에서도 좀 엉성
하고 털털거리고, 가난하여 분연히 존재하는 사람들, 빈
약하지만 실제로는 그들이 세상의 고갱이라는 것을 김
종복은 말하고 있다.
　세상에는 유능한 사람이 너무 많다. 학자거나 각 분야

의 전문가거나 혹은 고위관료거나, 그러나 그들은 그들이 원하는 지표에서만 세상을 이해한다. 그렇지만 그 지표란 것이 얼마나 엉터리이고 가식적인가. 부패와 지략이 확대재생산 되고 몰염치도 그럴싸하게 포장이 되어 능력으로 재탄생 된다. 교묘한 이론으로 자기증명을 하고 부재증명으로 피해 나간다. 보통 사람들은 모를 뿐이다. 설움과 아픔은 알지만 받아들인다. 선하기 때문이다. 무능한 것이 아니다.

우리는 착하면 안 된다는 것을 이미 학습하고 있다. 착하니까 그 위에 기생하는 많은 합법적 조직들이 창궐하고 있다. 십 원을 아낀다. 그러나 모르고 뜯기는 백 원을 지켜보아야 한다. 공부해야 한다고 다짐한다. 책 읽고 시 읽어야 한다고, 인문학을 해야 한다고 거듭 곱씹는다. 그리고는 바쁘다고, 이내 변명이다.

다음의 시를 보자.

어지러운 물결의 흐름이
가지런한 돌 틈을 지나면
저렇게
다림질한 헝겊같이 가지런해지지 않더냐.
어미와 아들이 나란히 앉아
그냥
쳐다만 보고 있어도

그렇듯

그들처럼

물길이 반듯해지지 않더냐

밤과 물과 가을이 점점 깊어져 가고

　　— 〈거창 회천〉 全文

　시인에게는 세상이 법당이고 학교이며, 모든 사람이
스승이고 도반이며, 모든 소리가 법문이고 음악이다. 물
소리보다 더한 법문은 더 이상 없을 것이다. 시인 조지
프 브로드스키의 지적처럼 "모든 시인은 독재적 성향을
지닌다. 자신이 남들보다 무언가를 더 잘 안다고 생각하
며 다른 사람의 마음을 다스리려고 한다."고 했다. 그러
나 물소리 앞에서는 어림도 없다. 물소리를 듣는 것, 귀
기울이는 것, 경청의 자세만큼 겸허한 자세도 다시는 없
을 것이다. 물소리에 젖어 만약 우리가 물이 된다면 더
이상의 싸움도, 분쟁도, 나아가서는 전쟁도 없을 것이
다. '어머니의 마음'에 젖은 '거창 회천'의 반듯한 물소리
는 시인의 가슴에서 발원되어 "육 개월 일 년에/아니 십
년에 한번//딱 한번 생각나더라도/그것은 그리움〉으로
길게 흐른다. 흘러서 사람들의 마을로 간다. 그 마을은
이런 마을이다.

　　당신은 멀리 있고

위층 녀석 억세게 쿵쿵거리며 왔다 갔다 하고
밤은 시나브로 깊어 가고
결국 봄비 내리고
　　ㅡ 〈봄비〉 全文

　비에 젖은 자는 더 이상 젖지 않고 외로움에 젖은 사람은 더 이상 외롭지 않은 법이다. 아무리 세상이 시끄러워도 마음의 중심에 앉아 있으면 오히려 적막하다. 그 적막은 맑고 상쾌하다.　'맑고 참되고 적막한 곳은 오랠수록 점점 의미가 더해진다(淸眞寂寞之鄕, 愈久轉增意味)'고 했다. 소창청기*에 나오는 글이다.
　그 마을에 이런 사람이 산다.

어머니는 말씀하셨지
니가 남의 눈에 꽃이 되면 좋겠다
봄이라 그런지
내 머리에도 꽃이 피었네
아하 이제 드디어 나도 남의 눈에 꽃이 되려나 하는데
아내 왈
이 인간아 제발 머리 좀 감아라
　　ㅡ 〈눈의 꽃〉 全文

담배 멀리하라는 의사 말에
긴 장죽으로 담배 핀 놈이나

* 소창청기(小窓淸記): 중국 명나라 시대의 사람오종선의 글 제목.

129

술 좀 작작 먹자는 아내의 말에
삼십도 담금주에 물 타서 마신 놈이나
흡수고 지랄이고 총량은 불변이라
    — 〈미운 바로 그놈〉 중에서

파산에 가까운 난세에서 안심입명을 꿈꾼다는 것이
과연 가능이나 한가? 그 가능성 때문에 시다, 라고 그는
말하는 듯하다. 그리고 동행(同行)이 있어서 가능하다.
앞에서 언급했듯이 친구인 제자들이 있고, 많은 도반이
있고, 이루어야 할 부처가 있다. 그래서 아무리 어려운
일이나 껄끄럽고 부당한 일이 벌어지더라도 굳건하게
견디면서 폴짝, 뛰어넘을 지혜를 획득한다. 그가 이 험
한 세상을 건강하게 지나가는 법이다.
아울러 현재의 상황에 분노하는 시민적 발언은 당연
히 개인의 의사표시나 사상이나 표현의 자유에 속하겠
지만, 다만 정치적 발언의 거칠음과 더불어, 수행에 대
한 자신감이 지나치게 넘쳐 오히려 그 수행의 결과에 의
의을 제기하는 빌미를 제공하지는 않아야 한다. 과감한
발언은 좀 더 정제되어야 한다. 여정은 계속된다.

문득 생각났다
발이 멀쩡해서
오른손이 멀쩡해서
다행이다

왼손이 크게 다쳤어도
아버지 제사상에 놓을
밤을 칠 손가락이 남아 있어
다행이다

살아있어 다행이고
눈 귀 코 입 몸 마음을 쳐다볼 수 있어
다행이다

정말 다행이다
　— 〈다행〉 全文

　정말 다행이다, 궁극의 긍정이다. 마음공부의 결과다.
온갖 장애물을 거뜬하게 뛰어넘는 그의 높이뛰기, 멀리
뛰기 실력의 결과다. 장애를 헤치고 가다보면 언젠가 무
애(無碍)의 언덕에 닿을 것이다. 앞에서도 언급했듯이
다친 손 정도로는 아무런 장애가 되지 않는다. 마음의
상처에도 소금 바르듯 '옥도정기' 바르듯 뭉개버리고 마
음으로 치유한다.
　그 동행의 정점(頂點)에 또 한 사람이 있어 더욱 다행
이다.

봄은 남쪽에서 오고
단풍은 북쪽에서 온다
해는 동쪽에서 오는데
서쪽에서 오는 것만 모르겠다
아내는 내 질문에
저, 녁, 노, 을, 이라 했다
　　— 〈한 소식〉 全文

그 노을이 사람의 바다에 잠기고 있다,
그것이 해인(海印)이 아닌가!